Jésus
comme un roman

Marie-Aude Murail
Avec la participation
de Constance Robert-Murail

Jésus
comme un roman

bayard jeunesse

L'éditeur remercie le P. Marc Rastoin sj, exégète,
pour sa relecture.

Cet ouvrage a été mis en pages
par DV Arts Graphiques à La Rochelle

Impression par Litografia Rosés
en avril 2021
pour le compte des Éditions Bayard

Nouvelle édition : avril 2021

18 rue Barbès, 92128 Montrouge Cedex

ISBN 979-1-0363-1749-1
Dépôt légal : avril 2021

Loi 49956 du 16 juillet 1949 sur les publications destinées à la jeunesse

Pour Maman qui vit éternellement.

Ma mère me disait : « J'ai la foi du charbonnier. » Sa rencontre, tout enfant, avec le message de Jésus l'a portée tout au long de sa vie. C'est donc pour elle, pour elle malade, que j'ai écrit ce texte car il me semblait à ce moment-là que je ne pouvais pas raconter une autre histoire.

J'ai écrit ce texte deux fois. La première fois à la troisième personne, et j'ai senti à la relecture combien c'était froid et lointain, combien Jésus me restait étranger. J'ai réécrit à la première personne, celle de Pierre, le témoin qui ne comprend pas, l'ami qui déçoit, tellement humain, tellement moi. Puis j'ai écrit le premier et le dernier chapitre au temps présent.

Tu peux croire en Dieu, ou pas. Tu peux croire en ce Dieu-ci plutôt qu'en ce Dieu-là. Ce que cet homme – ce Jésus – a dit, ce qu'il a vécu il y a plus de deux mille ans, n'est pas pour moi qu'une question de foi, mais une question d'actualité. Réfléchir sur son message peut infléchir notre vie et bousculer notre façon d'aimer.

Disparu !

– Tu sais la nouvelle ?

Je relève la tête. Jean vient d'entrer. Il a tant couru qu'il presse les mains sur son cœur en haletant.

– Quelle nouvelle ?

Depuis que Jésus est mort, je me tiens dans l'ombre de cette maison. Faut-il fuir à présent ?

– Il y a des femmes, me répond Jean. Elles sont allées au tombeau, ce matin. Elles disent que le corps de Jésus a disparu. Mais elles ont vu quelqu'un. Elles ont cru que c'était un jardinier et elles lui ont demandé...

– Attends, attends. Quelles femmes ?

Jean reprend son souffle, mais je l'impatiente :

– Marie de Magdala. Et Jeanne, tu sais ? La femme de l'intendant. Elles l'ont vu.

– Mais vu qui ?

– Le tombeau est vide, Pierre ! Le corps de Jésus n'y est plus !

Jean crie presque. Mais il ajoute à voix plus basse :

– Les femmes disent qu'elles ont vu un ange...

– C'était un ange ou c'était un jardinier ?

Jean se tait, embarrassé. Le récit des deux femmes était embrouillé ou il a mal compris. Je reprends :

– Donc, elles sont allées au tombeau ?

Jean m'explique à nouveau : d'abord, les femmes ont vu que la pierre qui ferme le tombeau a été roulée sur le côté. Puis un homme en robe blanche a surgi derrière elles et leur a dit sur un ton brusque : « Pourquoi cherchez-vous chez les morts celui qui est vivant ? Il n'est pas ici. Ne le pleurez plus ! »

Je secoue la tête : des anges, des fantômes, quoi d'autre ?

– Il est mort. Tu l'as vu ? Mort sur la croix, vendredi. S'il n'y avait pas eu Joseph d'Arimathie pour réclamer son corps, il y serait encore.

Jean me regarde durement :

– Alors, tu ne viens pas avec moi ?

– Non.

Il sort. Et le silence retombe.

– Attends ! Jean, attends-moi !

Je cours dans la ruelle. Il ne se retourne pas. Il allonge même la foulée. Comme je le rattrape, il se met à courir. Je ne sais pas pourquoi, mais je cours à son côté. C'est à qui ira le plus vite. Les gens s'arrêtent pour nous regarder passer. C'est à qui sera le premier. Jean est plus vif. Il arrive seul au jardin.

– La pierre.

Il tend le bras vers une tombe. Elle est ouverte. La lourde pierre ronde a été roulée sur le côté.

– Tu es sûr que c'est celle-là ? murmuré-je.

Il y a plusieurs tombes creusées dans la roche. Moi, je n'ai pas assisté à l'ensevelissement.

– Il faudrait demander à Joseph.

Mais Jean m'entraîne :

– Viens.

Nous nous approchons de la grotte. Dans la pénombre du caveau ouvert, j'aperçois des bandelettes blanches qui ont servi à entourer le corps d'un mort. Jean n'avance plus. Je pose la main sur son épaule et je l'écarte. J'entre. Je m'agenouille près des bandelettes sans les toucher. Mes yeux s'habituent à l'obscurité. Alors, je vois le suaire qui a recouvert le visage et qui est un peu plus loin, roulé.

Je frissonne en retrouvant la chaleur du jour. Jean m'interroge du regard.

Disparu !

– Où est-il ?

La tombe est vide et le jardin désert.

Nous repartons par les rues encombrées de Jérusalem. Je hais cette ville. Elle nous le rend bien, à nous autres de Galilée. « Bête comme un Galiléen », disent-ils ici.

– Et toi, Pierre, que vas-tu faire ? me demande Jean.

– Je vais rentrer chez moi, à Capharnaüm.

– Nous pourrions nous retrouver une dernière fois, tous les onze, me propose Jean. Les autres ont peut-être appris quelque chose ?

J'acquiesce en silence. Mais je pense aux gens de ma ville. Je ne suis plus celui qu'ils ont connu. Eux m'appelaient Simon.

Le ciel s'ouvre

J'ai grandi à Bethsaïde, au bord du lac de Tibériade. Mon père était pêcheur. Moi, à douze ans, je voulais être soldat ou brigand pour faire la guerre aux Romains qui occupaient notre pays depuis bientôt cent ans. À la **synagogue** où l'on m'enseignait, on racontait qu'un jour un roi viendrait de Jérusalem. « Le Messie », disaient-ils. Il arriverait dans un char de feu et il chasserait les Romains. Cet homme-là, je le suivrais. Du moins, c'était ce que je pensais à douze ans.

– Viens m'aider à porter l'eau, réclamait ma mère.

Autour du puits, j'épiais les petites filles. Parmi elles, je choisis Sara. Elle venait juste d'avoir quinze ans quand je l'épousai. Nous nous installâmes non loin de Bethsaïde, à Capharnaüm. Ce fut elle qui me parla de Jean le Baptiseur, peu de temps après notre mariage.

– Jacob, tu sais, le vendeur d'épices... Il est allé voir ce baptiseur, me dit Sara. Il paraît que des foules d'hommes et de femmes vont à Béthabara. Ils entrent dans le Jourdain et, devant Jean le Baptiseur, ils s'enfoncent dans l'eau jusque par-dessus la tête !

Le tailleur de pierre avait aussi reçu le baptême du Jourdain. Il racontait partout qu'il était ressorti du fleuve avec un cœur nouveau et que ce Jean le Baptiseur était sûrement le Messie.

– Le Messie ? répétai-je à mi-voix.

Le ciel s'ouvre

Béthabara est à quatre jours de marche de Capharnaüm : une promenade pour un homme de mon âge. Peu à peu, sur la route, des pèlerins se joignirent à moi. Ils venaient de Galilée, mais aussi de Judée et même de Jérusalem. Ils avaient entendu dire... On leur avait raconté... Jean le Baptiseur promettait un monde nouveau, car Dieu allait venir et détruire celui-ci. Je les écoutais, et mon impatience grandissait.

Comme nous approchions, certains descendirent au bord de l'eau, écartant les roseaux. Moi, je montai sur une hauteur et je le repérai. Il était presque nu dans le fleuve, avec de longs cheveux lui tombant sur les épaules. Ce jeune homme noirci par le désert, était-ce le roi qu'on m'avait promis ? Le Messie ? Je rejoignis les pèlerins et, une fois sur la rive, j'entendis le Baptiseur qui criait :

– Vipères que vous êtes, croyez-vous que vous échapperez à l'enfer ? Ne faites pas semblant !

Changez de vie ! Donnez à manger à ceux qui ont faim et ne soyez plus malhonnêtes. L'heure est proche. L'arbre qui ne donne pas de fruits sera coupé et jeté au feu. Voilà ce qui va vous arriver... Entendez : la hache cogne à vos côtés !

Ne me décidant pas à entrer dans l'eau, je me mis à errer dans la foule pour écouter ce qui s'y disait. Je me rendis bientôt compte que je n'étais pas le seul à m'interroger. Quelques personnes allaient de groupe en groupe, posant d'étranges questions.

– Que dit le Baptiseur à propos des Romains ? Est-ce qu'il veut prendre les armes pour les chasser ? Et l'impôt, dit-il qu'il faut refuser de payer l'impôt à César ?

Ces gens-là étaient envoyés par les grands prêtres de Jérusalem. On leur répondait du bout des lèvres, en s'écartant bien vite. Car tout ce qu'on leur dirait serait répété aux Romains.

– Est-ce que le Baptiseur prétend être le Messie ? demanda soudain l'un de ces traîtres.

– Non, répondit un homme. Il dit qu'il n'est qu'une voix qui crie dans le désert...

– Quelqu'un d'autre doit venir après lui, quelqu'un de plus puissant, ajouta un pèlerin.

Près de moi, un homme murmura :

– Il est déjà venu.

Je le dévisageai. Mais il s'éloigna en hâte. Cet homme avait l'accent de Galilée et il me sembla que je l'avais déjà vu. Après quelques pas, il se retourna :

– Pourquoi me suis-tu ?

– Tu ne serais pas de Bethsaïde ?

Il me regarda avec méfiance :

– Cela t'intéresse ? Qui es-tu ? D'où viens-tu ?

– Je suis Simon de Capharnaüm.

Lui s'appelait Philippe. Il était venu de Galilée pour voir ce Jean le Baptiseur.

– Au début, j'allais l'écouter tous les jours, m'expliqua Philippe. J'aimais ce qu'il disait.

– Il a la parole dure, remarquai-je.

Philippe était d'un autre avis :

– Il faut réveiller les gens, tu ne crois pas ?

Puis il me raconta qu'un jour, un jeune **rabbi** était arrivé sur les bords du Jourdain, escorté d'une petite troupe. Comme il semblait parler avec autorité, Philippe s'était approché.

– J'étais encore tout plein de ce que disait le Baptiseur et j'ai demandé au jeune rabbi : « Maître, est-ce que l'heure est proche où nous serons jetés au feu si nous ne changeons pas de vie ? »

– Que t'a-t-il répondu ?

Le rabbi n'avait pas répondu. Il avait raconté une histoire. La voici : « Un jour, le maître d'une vigne se plaignit à son vigneron :

– Cela fait trois ans que je viens chercher mes figues sur cet arbre et je n'en trouve pas. Coupe-le ! Il fatigue la terre pour rien.

Mais le vigneron lui dit :

– Maître, laisse-le encore cette année. Je vais bêcher la terre tout autour et mettre du fumier. Il te donnera peut-être des fruits l'an prochain. Et le maître de la vigne accepta de patienter. »

J'approuvai l'histoire d'un hochement de tête.

Si Dieu n'est pas patient, alors, qui le sera ?

– Comment s'appelle ce rabbi ? demandai-je.

– Jésus. Il est de Nazareth.

Nazareth. Un village de paysans. Que peut-il venir de bon de Nazareth ?

Le soir tombait rapidement sur le fleuve et Philippe m'offrit de dormir sous sa tente. Nous partageâmes du fromage et des olives, tout en jetant des brindilles au feu.

– Que vas-tu faire ? demandai-je à Philippe. Veux-tu que nous rentrions ensemble ?

Il se taisait.

– Tu souhaites devenir le disciple du Baptiseur ? m'étonnai-je.

Il secoua la tête.

– Le jeune rabbi dont je t'ai parlé...

– Ce Jésus ? l'interrompis-je.

– Oui... Quand il est venu à Béthabara, il s'est passé quelque chose d'étrange. Il s'est avancé dans l'eau pour recevoir le baptême comme n'importe quel pèlerin...

Les compagnons de Jésus étaient restés sur la rive, un peu réticents. Leur maître avait le même âge que le Baptiseur, mais il n'était pas aussi connu que lui. Or, en l'apercevant, Jean le Baptiseur avait ouvert les bras pour l'accueillir.

– Il le connaissait donc ? demandai-je.

– Je ne sais pas, me répondit Philippe. Mais j'ai entendu le Baptiseur s'écrier : « Voici celui que j'attendais ! Je ne suis pas digne de dénouer sa sandale ! »

– Et il l'a tout de même baptisé ?

– Oui, mais il a dit : « Moi, je baptise dans l'eau.

Lui baptisera dans l'Esprit. Aujourd'hui, j'ai vu le ciel s'ouvrir. »

Le jeune rabbi était remonté sur la rive et, seul, il s'était éloigné pour prier dans le désert.

– Il va revenir, me dit Philippe. Nous l'attendons.

C’est un mage

Finalement, je rentrai à Capharnaüm, où j’appris de mauvaises nouvelles. La mère de ma femme était tombée malade et n’aidait plus Sara à la maison. Mon frère André avait fait une maigre pêche sur le lac, ces derniers jours, à la suite d’une tempête.

– Tout va de travers, me dit-il. Au moins, toi, es-tu content de ton voyage ?

Je lui parlai de la foule qui venait vers le Baptiseur et de l’inquiétude des Romains. Cela le fit rire. Puis, sans trop savoir pourquoi, je me mis à lui parler de l'autre rabbi.

– Tu l'as vu ? me demanda André.

Le lendemain de ma rencontre avec Philippe, ce Jésus de Nazareth était revenu vers ses compagnons. La curiosité me poussa à aller le voir. Simplement le voir.

– Oui, je l'ai vu, dis-je à mon frère.

Rien ne le distinguait de ceux qui l'entouraient. Il était jeune, il portait des vêtements de voyage et ses sandales étaient poussiéreuses. Quand nos regards se croisèrent, je reculai d'un pas.

– Je l'ai vu, répétai-je.

Les jours suivants ne furent pas bons. Ma belle-mère était tenue au lit par une forte fièvre, et Sara perdait espoir.

Cette veille de **sabbat**, j'étais de nouveau à mes filets. J'avais peiné toute la nuit à jeter l'épervier dans les eaux du lac et je n'avais ramené aucun poisson. Aucun poisson ! Le lac était pourtant calme et si beau dans la lumière du matin. J'enroulais pensivement mon filet autour du coude et de l'épaule. Mes employés se reposaient à l'ombre d'un chêne.

– Montons dans ta barque, dit une voix dans mon dos.

Je me retournai en sursaut. C'était ce même homme croisé près du Jourdain, ce Jésus.

– Rabbi ? Tu... tu veux monter dans ma barque, balbutiai-je. Mais pour aller où ?

– Au large. Et là, vous jetterez vos filets, toi et tes compagnons.

Je souris, comprenant qu'il n'était pas du métier :

– Cela ne servira à rien, rabbi. Nous avons déjà essayé toute la nuit.

– Tu es bien celui qu'on appelle Simon ? me questionna Jésus.

– Oui... et voilà André, mon frère. D'où me connais-tu ?

Il ne me répondit pas et s'approcha de notre embarcation. Mon frère me fit un petit signe amusé. Essayons... Jésus s'assit à l'arrière de la barque et tandis que nous nous éloignions de la rive, je l'observais. Pourquoi était-il seul ? Que venait-il faire ici, loin du Jourdain ? Pourquoi s'était-il adressé à moi comme s'il me connaissait ? Quelque chose m'envahissait qui ressemblait à de la peur, mais qui n'en était pas.

– Jetons les filets, ordonnai-je.

Le soleil était haut et faisait étinceler le lac. Quand je voulus relever mon filet, je sentis une résistance incroyable. Il était plein. Plein à craquer. De perches, de carpes, de brochets pris au piège et qui se débattaient. Il me sembla que j'étais l'un de ces poissons. Je me jetai à genoux dans le fond de la barque.

– Éloigne-toi de moi, dis-je au jeune rabbi, éloigne-toi. Je ne suis qu'un **pécheur**.

– Invite-moi chez toi, me répondit-il.

Je fis prévenir Sara en toute hâte. Elle n'avait qu'une petite servante pour l'aider et nous étions tous affamés. Il faisait trop chaud pour que nous mangions sur la terrasse. Nous traversâmes la cour et je fis entrer Jésus dans la salle commune. Il vit la vieille femme étendue sur une natte et se tourna vers moi.

– C'est ma belle-mère, expliquai-je. La fièvre la tourmente.

Malgré sa faiblesse, elle s'était un peu redressée sur sa couche.

Jésus s'approcha d'elle et lui prit la main.

– Lève-toi, dit-il.

Sara poussa un léger cri et voulut soutenir sa mère. Mais je la retins par le bras. Déjà, ma belle-mère était debout. Elle lâcha la main du rabbi et disparut en nous disant :

– Je vais vous servir. Le repas sera bientôt prêt.

André me tira à part :

– Simon, cet homme a des pouvoirs. Il attire les poissons et il guérit les gens. Dis-lui de rester chez nous pour cette nuit.

Jésus accepta notre invitation. Il semblait n'avoir pas d'autre endroit où aller.

Il chasse un démon

Comme le lendemain était jour du sabbat, je devais me rendre à la synagogue. Mais j'avais un peu paressé, et, quand je me levai, je m'aperçus que notre invité était déjà sorti.

– Il est parti à la synagogue, me dit ma belle-mère.

Une fois dans la rue, je remarquai une agitation inhabituelle.

– Simon !

Je me retournai. C'était Philippe.

– Tu as donc quitté le Baptiseur ? m'écriai-je.

Il me fit signe que oui et s'éloigna à grands pas. Pressé et heureux. Un peu plus loin, je rencontrai mes voisins, Jacques et Jean, les fils de Zébédée.

– Nous allons écouter Jésus, me dit Jean. Il nous a parlé avant-hier, au bord du lac, et nous l'avons suivi toute la matinée.

– Nous avons laissé notre père se débrouiller avec ses employés, ajouta Jacques en riant. Il était furieux !

Quand j'entrai à la synagogue, un des vieux docteurs de la Loi qui m'avait ennuyé durant toute mon enfance venait juste de se rasseoir. Comme lorsque j'étais petit, il n'avait sans doute parlé que de la fin du monde toute proche, du Dieu qui récompenserait les justes, et des méchants qui seraient piétinés. À l'écouter, on sentait bien qu'il était, lui, le bon grain, et nous, la mauvaise herbe. Alors, Jésus se leva :

– Qu'est-ce que le royaume de Dieu ? dit-il en regardant les Anciens.

Puis il se tourna vers nous :

– Le royaume de Dieu ressemble à un homme qui a jeté du grain dans la terre. Puis il ne s'en soucie plus. Le jour, la nuit, que l'homme se lève ou bien qu'il dorme, le grain germe et pousse. D'abord, c'est de l'herbe, puis des épis et plein de blé dans les épis. La moisson sera belle ! N'attendez pas que Dieu vienne. Le royaume de Dieu est déjà parmi vous.

J'entendis murmurer autour de moi :

– D'où vient-il, celui-là ? On n'a jamais parlé comme ça...

Jésus reprit :

– Qu'est-ce que le royaume de Dieu ? Vous connaissez le grain de moutarde ?

Les jeunes garçons qui étaient là se poussèrent du coude en riant, mais sans oser répondre devant tout le monde.

– C'est la plus petite de toutes les graines de la terre, dit Jésus. Mais une fois qu'on l'a semée, elle monte et devient la plus grande de toutes les plantes potagères. Il lui pousse de longues branches et les oiseaux du ciel peuvent s'abriter sous son ombre. Voilà ce qu'est le royaume de Dieu : un grain de moutarde !

Mon cœur bondissait de joie en l'écoutant. Pourtant, je ne comprenais pas bien les histoires qu'il racontait.

– Quand vous grandirez, dit Jésus en regardant les enfants, n'amassez pas de trésor sur cette terre. La rouille le dévorera ou les voleurs le prendront. À quoi bon ? Faites-vous un trésor dans le ciel. Car là où est votre trésor, il y a aussi votre cœur.

Le vieux docteur se leva, peut-être pour lui répondre, quand du bruit se fit à la porte. L'assistance s'écarta pour laisser passer deux hommes qui en maintenaient un troisième. Celui-ci était pris d'un grand tremblement, il agitait les bras et les jambes et roulait des yeux égarés. Une fois devant Jésus, il se mit à crier d'une voix rauque :

– Que nous veux-tu, Jésus de Nazareth ? Tu es venu pour nous perdre ?

L'homme geignit et se tordit les poignets.

– Moi, je sais qui tu es ! hurla-t-il, la bave aux lèvres.

– Tais-toi ! lui ordonna Jésus.

– Tu es le Saint de Dieu ! cria le possédé.

– Sors de cet homme, démon ! ordonna encore Jésus. Sors de lui !

L'homme poussa un cri affreux et tomba sur le sol, inanimé. Ceux du premier rang se reculèrent, effrayés.

– Qu'est-ce que cela ? murmura quelqu'un près de moi.

Je le reconnus. C'était un certain Barnabé, un **Pharisien** qui faisait le jeûne et la prière pour être en règle avec Dieu. Barnabé me regarda.

– Tu l'as vu? Il commande aux démons et les démons lui obéissent.

Les deux hommes qui avaient amené le possédé étaient en train de le relever. Le malheureux était tout vacillant et il ne comprenait pas ce qu'il faisait là, en pleine assemblée.

– C'est avec l'aide des démons que ce Jésus chasse les démons, me dit Barnabé à mi-voix. Je secouai la tête, mais sans rien trouver à dire. Alors, ce fut un autre Pharisien qui lui répondit:

– Tu as raison, Barnabé. Ce Jésus est possédé par le diable.

Je me sentis l'esprit troublé. Ces deux pharisiens étaient des gens respectables, des amis de mon père.

– Pss, Simon...

Un jeune garçon me tirait par la manche de ma tunique.

– Qu'y a-t-il? lui demandai-je.

– C'est chez toi que Jésus est descendu, cette nuit?... Il y a des gens qui le cherchent.

– Qui donc ? m'inquiétai-je.

– Bah, des gens de sa famille. Ils veulent lui mettre la main dessus et le ramener de force chez lui, à Nazareth.

– Mais pourquoi ?

Le gamin rit comme un effronté :

– Ils disent qu'il est fou.

Il touche le lépreux

Comme nous sortions de la synagogue, je m'approchai de Jésus pour lui dire à l'oreille :

– Tes parents te cherchent.

– Mes parents ? répéta-t-il d'une voix presque surprise.

Puis, à la foule qui l'entourait, il lança :

– Qui sont mes parents ? C'est celui qui fait la volonté de Dieu qui est mon frère, ma sœur ou ma mère.

Jacques et Jean voulaient conduire Jésus chez leur père, Zébédée, mais une fois dans la rue, les gens les en empêchèrent.

– Rabbi, rabbi, guéris ma fille ! criait l'un.

– Maître, viens chez moi, ma femme est malade, suppliait son voisin.

Certains lui prenaient la main, d'autres le tiraient par le vêtement. Philippe les repoussait. La nouvelle que Jésus avait guéri ma belle-mère et chassé un démon s'était déjà répandue.

– Rabbi, mon enfant a la fièvre ! s'écria une femme en nous barrant le chemin.

Elle portait son garçon contre elle, tout grelottant et misérable. Jésus posa doucement la main sur la tête de l'enfant et passa son chemin. La foule me poussa loin de la mère et je ne sus pas ce qu'il advint d'elle.

Pendant quelques instants, je perdis aussi Jésus de vue dans la bousculade. Quand je le retrouvai, il quittait en hâte les dernières maisons de Capharnaüm. Un cri l'arrêta.

– Rabbouni !

Sur le côté de la route, un homme tendait la main vers nous. Il était aveugle. Personne ne le guidait et il avait les paumes en sang, car il était tombé.

– Guéris-moi ! cria-t-il en tâtant l'air autour de lui.

Jésus s'approcha, il cracha dans ses mains et mit de la salive sur les paupières de l'aveugle.

– Vois-tu ? lui demanda-t-il.

Le silence s'était fait. Certains prétendaient avoir déjà rencontré des magiciens qui chassaient les démons ou la fièvre. Mais aucun guérisseur ne fait voir celui qui ne voit pas.

– Je... j'aperçois les gens, balbutia l'aveugle. C'est... c'est comme si c'étaient des arbres qui marchent.

De nouveau, il palpa l'air pour saisir l'un de nous. Jésus, alors, lui posa longuement les mains sur les paupières puis les retira. L'infirme s'écria :

– Je vois... Oui, je vois ! Rabbi, je vois de loin, maintenant !

Il m'agrippa par le bras et le secoua :

– Je vois ! Je vois !

La foule se mit à hurler de joie avec lui. Jésus en profita pour s'échapper en courant. Les femmes, les enfants, les boiteux, les malades ne purent le suivre. Quand nous arrivâmes au bord du lac, il ne restait plus qu'un petit groupe. Jacques et Jean riaient d'avoir distancé tout le monde. Il était midi passé.

– Maître, dit Barthélemy, je vais chercher à manger.

Je regardai autour de moi. Il y avait là une dizaine d'hommes, tous jeunes, respirant la force et la santé.

– Rabbi, regarde ! dit soudain Jacques d'un ton inquiet.

Il montrait une silhouette furtive sur le chemin. Cet homme sortait de quelque endroit caché. Le visage mangé de barbe, les vêtements déchirés, il avançait vers nous, les mains derrière le dos.

J'en devinai la raison : il n'avait plus que des moignons au bout des bras. La lèpre le dévorait. Jacques se baissa, il attrapa une pierre et la jeta vers le lépreux.

– Va-t'en ! cria-t-il. Dieu t'a puni pour tes crimes. Personne ne peut rien pour toi.

Le misérable s'était agenouillé sur le chemin en sanglotant.

– Seigneur, Seigneur ! suppliait-il. Je n'ai rien fait de mal !

Jésus était près de moi et je l'imaginais tout comme moi frémissant d'horreur. Mais il s'avança d'un pas, puis de deux.

– Rabbi, n'y va pas ! m'écriai-je. Il est impur.

Jésus marchait vers le lépreux. Jacques et Jean voulurent le retenir. Il leur ordonna de le laisser. Le lépreux s'était relevé. Il était affreux en pleine lumière, le nez rongé par son mal, la face décomposée. Jésus étendit la main.

– Non, murmurai-je.

Je m'étais rapproché, espérant encore éviter le pire. Mais Jésus toucha le lépreux.

– Je le veux, dit Jésus, sois purifié.

Alors, j'ai vu ce que jamais des yeux humains n'ont vu. J'ai vu la lèpre quitter cet homme. J'ai vu cet homme guéri. Il avait des mains, il avait un nez. Je sais que ce n'est pas possible. Mais je l'ai vu.

– Maintenant, va-t'en, dit Jésus à l'homme, et ne répète à personne ce que j'ai fait pour toi.

Toucher un lépreux, c'est toucher le mal et la mort même. Jésus répéta :

– Tu entends ? Ne dis rien. Va seulement te montrer au prêtre pour qu'il te voie guéri et te laisse retourner vivre à Capharnaüm.

Mais l'homme ne l'écouta pas. Il partit en courant vers la ville d'où il avait été chassé. Et tout en courant, il criait qu'il était guéri. Que Jésus l'avait guéri.

Lève-toi !

Jésus resta quelque temps chez moi. Il était sans cesse invité et, ce jour-là, il dînait chez Matthieu, le fils d'Alphée. Nous étions là, Jean et moi, mêlés à des personnes peu recommandables, des collecteurs d'impôt qui mettent l'argent dans leur poche. Il y avait aussi à notre table deux disciples que le Baptiseur avait envoyés vers Jésus et qui n'avaient pas encore touché au repas.

– Qu'avez-vous donc ? leur demanda Philippe.

– Pourquoi mangez-vous avec ces voleurs ? lui répondit un des disciples.

Jésus intervint à sa manière :

– Est-ce que les gens en bonne santé ont besoin du médecin ? Moi, je suis venu pour les mal-portants.

Jean approuva d'un rire et se servit du vin, de ce vin de Galilée qui rend le cœur joyeux.

– Et pourquoi est-ce que tes disciples boivent du vin ? reprit le questionneur. Pourquoi est-ce qu'ils mangent de la viande ? Ne jeûnent-ils jamais comme nous ?

– Dis-moi, répliqua Jésus, est-ce que, le jour des noces, le marié refuse de manger ? Est-ce que les amis du marié prennent le deuil ? Si, un jour, l'époux n'est plus là, il sera temps d'être triste.

Toutes ces choses que Jésus disait et qui me réjouissaient, je ne les ai comprises qu'après. Jésus apportait la guérison partout où il allait. Mais il y avait toujours des gens qui grommelaient dans son dos. Même ma belle-mère, qu'il avait pourtant guérie, grondait parfois tout bas en voyant dans notre cour toute cette bande d'éclopés et de miséreux que Jésus attirait.

Un midi, ils étaient venus si nombreux pour l'écouter que je faillis être étouffé contre un mur.

– Demandez à Dieu, leur disait Jésus, et il vous donnera. Si votre fils vous demande un poisson, lui donnez-vous un serpent ? Et s'il vous demande un œuf, est-ce que vous lui donnez un scorpion ? Vous avez le cœur dur, mais vous savez donner à vos enfants. Est-ce que votre père du ciel n'en fera pas autant pour vous ?

Plus personne ne pouvait entrer dans la cour ni approcher Jésus. Or, il y avait quatre hommes qui tournaient autour de ma maison. Ils portaient sur un brancard un homme paralysé qu'ils voulaient déposer devant Jésus. À ma grande stupeur, ils montèrent sur mon toit. Puis ils écartèrent les branches de la toiture jusqu'à ce que la civière passe par ce trou. Jésus se fraya à son tour un chemin jusqu'au paralytique et lui dit :

– Mon ami, tu es venu jusqu'à moi. Tes péchés te sont pardonnés.

J'entendis quelqu'un derrière moi qui s'indignait :

– Voilà qu'il se prend pour Dieu : il pardonne les péchés !

Je me retournai et reconnus Barnabé. Il avait amené avec lui d'autres pharisiens qui semblaient tous de son avis. Jésus les entendit et, élevant la voix, il reprit :

– Qu'est-ce qui est le plus facile ? Dire à cet homme : « Tes péchés te sont pardonnés » ou lui dire : « Lève-toi et rentre chez toi » ?

Il ne laissa pas à Barnabé le temps de répondre.

– Eh bien, pour que vous sachiez que je peux pardonner les péchés, lève-toi, dit-il au paralytique, et rentre chez toi.

Le paralytique refusa l'aide que je lui offrais et il se releva. Puis il rentra chez lui et la foule l'escorta en s'émerveillant à chacun de ses pas.

Suis-moi

J'étais heureux, mais j'avais peur du moment où ce bonheur prendrait fin. Jésus nous avait prévenus : on n'allume pas une lampe pour la cacher sous un lit. On la met sur le lampadaire où elle pourra éclairer le monde. Ma maison ni ma ville ne pourraient longtemps retenir Jésus.

Un matin, je le vis dans la cour de très bonne heure. Je compris qu'il allait partir.

– Je vais annoncer la Bonne Nouvelle aux autres villes de Galilée, me dit-il. La moisson sera abondante. Mais les ouvriers sont peu nombreux. Il me regardait comme s'il attendait ma décision.

– Mais, rabbi, protestai-je en faisant un geste vers la porte de ma maison.

Sara, ma famille, mes compagnons... Je ne pouvais pas partir.

– Le royaume de Dieu est semblable à un trésor, me dit-il, un trésor caché dans un champ. Un homme l'a trouvé par hasard. Vite, il le recache, il retourne chez lui, il vend tout ce qu'il a et, avec cet argent, il achète le champ.

Je fermai les yeux de douleur. Non, je ne partirais pas.

– Simon, me dit-il, tu t'appelleras Pierre désormais. Tu étais un pêcheur de poissons, je te ferai pêcheur d'hommes.

Sa voix me brûlait au-dedans.

– Viens, Pierre, suis-moi.

Je l'ai suivi. J'ai tout laissé. C'est lui qui m'a pris dans ses filets.

Et d'autres ont fait de même. André, mon frère. Jacques et Jean, les fils de Zébédée, qu'il appela « les fils du tonnerre ». Matthieu et Jacques, les fils d'Alphée. Philippe et Barthélemy. Thaddée et Thomas. Simon le Zélote. Judas. Douze en tout.

– Bientôt, je vous enverrai en mission, nous dit Jésus à la première halte. Vous guérirez les malades, vous chasserez les démons, vous purifierez les lépreux en mon nom.

Était-ce possible ? Avais-je un tel pouvoir entre mes mains ?

– Mais méfiez-vous des hommes, reprit Jésus. Vous avez entendu les pharisiens me traiter de démon. Ils en diront autant de vous. Oui, je vous envoie, mais comme des agneaux au milieu des loups. On vous arrêtera, on vous torturera, on vous tuera à cause de moi.

Je me récriai :

– Rabbi, ne dis pas des choses pareilles !

– N'aie pas peur, me répondit-il. Celui qui veut sauver sa vie la perd. Si tu perds ta vie pour moi, tu la sauveras.

Le feu s'éteignait entre les pierres. Je resserrai mon manteau sur mes épaules. J'avais froid. Je n'avais pas mangé à ma faim en ce premier jour de route. Je me mis à penser à ma femme, à mes compagnons, à ma barque au bord du lac. Un instant, je ne compris plus pourquoi j'étais parti.

Le lendemain était jour du sabbat et nous avions toujours faim. Passant parmi les blés, nous en arrachâmes quelques épis pour les mâcher. Chacun de nos gestes était épié. Des pharisiens vinrent se plaindre de nous à Jésus.

– Pourquoi ne dis-tu rien à tes disciples ? Le jour du sabbat est tout entier pour Dieu. Personne ne doit travailler et arracher du blé, c'est un travail.

– Oui, vous, vous faites tout ce qu'il faut faire, leur répliqua Jésus. Mais quand vous jeûnez, vous prenez un air souffrant pour que tout le monde le sache. Vous priez en plein carrefour pour que tout le monde vous voie. Et quand vous donnez aux pauvres, c'est pour qu'on admire votre générosité !

Ces pharisiens l'écoutaient, la mine grave et l'œil étincelant de colère. Il fallait ramener Jésus à plus de prudence.

– Rabbi, prends garde, lui dis-je. Les pharisiens sont choqués de t'entendre parler ainsi.

– N'aie pas peur, me répéta-t-il. Ces hommes sont des aveugles qui veulent guider d'autres aveugles. Si un aveugle guide un aveugle, sais-tu ce qui leur arrive ? Ils tombent tous les deux dans un trou.

Alors, je compris pourquoi j'avais suivi Jésus. J'étais aveugle, mais pas lui.

Talitha koum

Cela faisait plusieurs semaines que nous suivions Jésus à travers la Galilée. Sa réputation ne cessait de s'étendre, et on venait de Jérusalem, de Tyr et de Sidon dans l'espoir de le voir et peut-être de le toucher.

Ce jour-là, un chef de synagogue nommé Jaïre se précipita aux pieds de Jésus :

– Vite, vite, rabbi. Ma petite fille va mourir. Impose-lui les mains, et elle sera sauvée !

Jésus partit avec lui, ballotté par la foule. Or il y avait dans cette foule une femme qui, depuis douze ans, avait des pertes de sang. Comme elle me le raconta par la suite, elle avait dépensé tout son argent auprès des médecins, sans amélioration. Cette femme avait réussi à se faufiler derrière Jésus et elle se disait : « Si je peux seulement toucher son vêtement, je suis sauvée. » Elle effleura les franges de la tunique que portait Jésus et, aussitôt, l'hémorragie dont elle souffrait s'arrêta. Jésus dut sentir qu'une force était sortie de lui, car il se retourna et il demanda :

– Qui a touché mes vêtements ?

Jean lui répondit :

– Tu vois bien que tout le monde te presse, rabbi ! On ne peut pas savoir...

Mais Jésus continuait de chercher du regard celle qui avait fait ce geste. Alors, la femme, toute tremblante, s'agenouilla devant lui et avoua la vérité.

– C'est bien, la rassura Jésus, va en paix et sois guérie.

Comme Jésus relevait la femme, des serviteurs arrivèrent de la maison de Jaïre et lui dirent à voix basse :

– Ta fille vient de mourir. Ce n'est plus la peine de déranger le Maître.

Jésus surprit leurs paroles et il se tourna vers le chef de la synagogue.

– N'aie pas peur. Crois seulement.

Il ordonna à la foule de rester, mais me fit signe de le suivre. Nous entrâmes dans la maison de Jaïre où des gens pleuraient et poussaient des cris.

– Que vous arrive-t-il ? leur demanda Jésus.

L'enfant n'est pas morte. Elle dort.

Comme les gens se moquaient de lui, il les mit dehors, sauf le père et la mère de l'enfant. Puis il pénétra avec moi là où reposait la morte. C'était une fillette de onze ou douze ans qui portait sur le visage la pâleur de la mort. Jésus lui prit la main et dit :

– Talitha koum.

Ce qui signifie : « Jeune fille, lève-toi. »

Aussitôt, la petite se redressa. Les couleurs lui revinrent. Elle courut vers sa mère et se serra contre elle. Les parents, bouleversés, ne savaient plus que dire ni que faire.

– Donnez-lui à manger, leur conseilla Jésus en s'éloignant.

Jamais il ne s'attardait et, le plus souvent, il recommandait aux gens de se taire. Cela me désolait. J'aurais voulu que les pharisiens sachent tout ce que Jésus pouvait faire. Eux s'entêtaient à demander « un signe dans le ciel ». Ils voulaient voir danser les étoiles ou le soleil s'obscurcir !

– Qu'avez-vous à me demander « un signe » ? soupirait Jésus. Les aveugles voient et les paralytiques marchent. Cela ne vous suffit pas ?

Pour vous, qui suis-je ?

C'est sur le chemin de retour vers Capharnaüm que Philippe nous apprit la mort du Baptiseur.

– Si jeune ! s'exclama Jacques. Que lui est-il arrivé ?

– Il a reproché au roi Hérode son mariage avec Hérodiade, la femme de son frère, répondit Philippe. Hérode l'a fait emprisonner et Hérodiade a obtenu qu'on lui coupe la tête.

Les foules qui venaient vers Jean le Baptiseur n'avaient donc pas pu le protéger. Quand les rois de ce monde sont irrités, ils ont le dernier mot. Mais moi, si on touchait à un cheveu de Jésus, je me battrais. D'ailleurs, j'avais acheté une épée et, depuis quelque temps, je la portais à mon côté.

Quand nous arrivâmes à Capharnaüm, d'autres foules nous attendaient impatiemment. Je n'eus que le temps d'aller embrasser ma femme. Si nous étions restés dans ma maison, elle aurait été envahie et saccagée. Alors, Jacques nous proposa de traverser le lac en barque et d'aller nous reposer sur l'autre rive, qui est déserte. Ce que nous fîmes en cachette.

Le printemps avait couvert de fleurs la prairie et, imitant Jacques et Jean, je m'étendis sur l'herbe et m'endormis. Je fus réveillé par une exclamation de Judas :

– Les revoilà !

Il nous montra la foule qui arrivait par petits groupes fatigués. Ils étaient partis à notre recherche en contournant le lac. Ils avaient seulement oublié qu'à un moment ils auraient faim. Or Capharnaüm était loin et le soleil baissait.

– Mais qu'est-ce qu'on va en faire ? dit encore Judas. Il faut qu'ils retournent chez eux.

Judas était notre trésorier. C'était lui qui se préoccupait des provisions.

– N'as-tu rien prévu pour eux ? lui demanda Jésus.

– Hein ? Mais il faudrait le salaire de deux cents journées, rien que pour leur acheter du pain ! protesta Judas.

– Ils ont peut-être apporté quelque chose, murmura Jésus comme s'il était soudain soucieux. Pierre, va t'informer.

J'allai donc de groupe en groupe en questionnant les adultes.

– Avez-vous de quoi manger ?

– Oui, moi, dit un jeune garçon. J'ai cinq pains que ma mère m'a donnés pour partager et deux poissons séchés.

Le garçon vint avec moi jusqu'à Jésus.

– Voilà tout ce que j'ai trouvé, dis-je, désolé.

Jésus remercia l'enfant d'un sourire. Il bénit les pains et les poissons, puis il les mit dans deux corbeilles. Plongeant la main dans une corbeille, il me tendit un pain, puis deux, trois, quatre, cinq, six, sept, huit.

– Faites asseoir les gens, dit-il à Jacques et Matthieu.

Il puisait toujours dans la corbeille, et la corbeille semblait pleine.

– Aidez-moi ! nous dit-il.

La foule s'était assise dans l'herbe, entre amis ou par familles. Peu à peu, les rires et les bavardages firent place au silence, car chacun comprenait qu'il se passait quelque chose d'incompréhensible. Il y avait du pain et des poissons pour tout le monde !

– C'est lui notre roi ! s'écrièrent les gens en se relevant.

– Mais où est-il ? Où est votre Maître ? vint-on me demander.

Je ne répondis pas. Alors, tous le cherchèrent mais ils ne le trouvèrent pas. Jésus savait qu'ils voudraient faire de lui leur roi et il s'était sauvé dans la montagne.

Au point de l'aube, il redescendit vers nous. Les gens étaient repartis par petits groupes comme ils étaient venus. Encore émerveillés, mais aussi un peu déçus. Ils auraient voulu ramener Jésus avec eux. Comme nous étions réunis autour de lui, Jésus nous demanda soudain :

– Vous avez entendu les gens parler de moi. Que disent-ils ? Qui suis-je pour eux ?

Philippe et Matthieu répondirent ensemble :

– Ils disent que tu es un prophète.

Jacques ajouta :

– Ils disent que tu es Élie revenu des morts.

Et Jean nous apprit que, pour certains, Jésus était même le Baptiseur ressuscité des morts ! Jésus nous écoutait, le regard au loin.

– Et vous ? nous demanda-t-il après un silence. Vous, qui dites-vous que je suis ?

– Tu es le fils de Dieu !

C'était comme un cri qui m'avait traversé.

– Ce n'est pas toi qui as parlé, me répondit Jésus. C'est mon père qui a parlé à travers toi.

Il était debout en face de moi, aussi ému que je l'étais, et devant les onze autres, il me dit :

– Simon, je t'ai appelé Pierre. Et c'est sur cette pierre que je bâtirai mon royaume.

Un échec

La foule nous poursuivait toujours. Il lui fallait encore et encore des merveilles et des guérisons. Nous en étions parfois exaspérés. Même les enfants se collaient à nous comme des mouches bourdonnantes, et nous devions les chasser.

– Mais laissez-les ! s'écria Jésus quand il nous vit faire. Laissez venir les enfants. Le royaume de Dieu est à eux et à ceux qui leur ressemblent.

Cette phrase me fit souvenir de ce qu'il avait dit devant une assemblée : « Heureux les pauvres, car le royaume de Dieu est à eux. »

En entendant ces mots, les plus riches qui se tenaient au premier rang s'étaient éloignés en se moquant de nous. Oui, des pauvres gens, disaient-ils, c'était bien ce que nous étions, des vagabonds et des mendiants. Pour ma part, je n'avais pas bien compris en quoi les pauvres étaient heureux. Je demandais souvent des explications à Jésus. Il nous prenait alors à part tous les douze et poursuivait son enseignement :

– Oui, heureux ceux qui sont pauvres de cœur, nous dit-il. Les riches et les puissants ont déjà leur récompense. Mais viendra un temps où les premiers seront les derniers et les derniers seront les premiers.

Ce soir-là, il nous demanda si nous étions prêts à partir, deux par deux, à travers le pays. Il y avait tant à faire ! Je choisis Philippe pour compagnon de route, mais, avant de quitter Jésus, je crus bon de l'avertir :

– Il y a un homme qui chasse les démons en ton nom et qui ne veut pas être ton disciple. Il faudrait lui interdire de continuer.

– Laisse-le, me répondit Jésus. Cet homme ne peut pas agir en mon nom et dire du mal de moi. Qui n'est pas contre nous est avec nous.

Au fond, je me demandais si, moi, je pourrais faire quoi que ce soit au nom de Jésus. Je n'en dis rien à Philippe, mais je le sentais aussi inquiet que moi.

Nous nous rendîmes ensemble à Bethsaïde, près de Capharnaüm. Les gens savaient que nous étions des disciples de Jésus et ils nous suivaient, espérant voir notre maître.

Sur la place du village, un père nous amena son enfant :

– Le... le rabbi n'est pas là ? nous demanda-t-il, l'air déçu.

– Non, répondis-je. Mais nous avons pouvoir d'agir en son nom. Que veux-tu ?

– Mon fils est possédé par un esprit qui le rend sourd et muet. Cet esprit s'empare de lui n'importe où et il le jette par terre. Puis il le fait grincer des dents et écumer.

– Approche l'enfant, dis-je.

C'était un jeune garçon qui semblait sans force. Comme j'avais souvent vu Jésus le faire, j'ordonnai au démon :

– Sors du corps de cet enfant ! Laisse-le en paix !

Rien ne se passa. Philippe tenta de m'aider :

– Au nom de Jésus, s'écria-t-il, esprit mauvais, quitte cet enfant !

En vain. Le père allait repartir, désespéré, quand il entendit la foule qui criait :

– Le voilà, c'est Jésus !

En effet, Jésus venait à notre rencontre. Dès qu'il se trouva devant l'enfant, celui-ci se roula par terre en bavant. Jésus interrogea le père :

Un échec

– Depuis combien de temps est-il ainsi ?

– Depuis sa petite enfance, rabbi. Souvent, il se jette dans l'eau ou dans le feu. Cent fois, il a failli mourir. Aie pitié de nous ! Si tu peux quelque chose...

– Pourquoi dis-tu : « Si tu peux ? » Tout est possible si tu crois.

Le père se mit à sangloter :

– Je crois, rabbi, mais aide-moi à croire davantage.

Alors, Jésus interpella l'esprit mauvais qui habitait l'enfant :

– Esprit qui rend sourd et muet, je te l'ordonne, sors de cet enfant !

Le garçon poussa des cris, se traîna dans la poussière, puis devint raide comme un cadavre.

– Il est mort ! s'écria la foule.

Mais Jésus prit l'enfant par la main et le releva.

– Va, dit-il, sois guéri.

Le père et le fils s'éloignèrent, apaisés.

– Pourquoi nous, nous n'avons pas pu guérir cet enfant ? demanda Philippe.

– C'est parce que vous ne croyez pas, répliqua Jésus. Si vous aviez la foi grosse comme un grain de moutarde, vous diriez à cette montagne : « Déplace-toi » et elle se déplacerait.

– Mais puisque toi, tu fais des prodiges, lui dit un pharisien, va donc à Jérusalem te montrer aux grands prêtres au lieu de te cacher en Galilée ! Si tu es celui que nous attendons, prouve-le !

Ohé, Zachée !

C'était dangereux. Nous le savions, et pourtant nous faisions route vers Jérusalem. J'avais promis à Sara qu'après ce voyage je reviendrais à Capharnaüm et je ne repartirais plus.

Dès le lendemain, sur la route, nous n'étions déjà plus seuls. Des gens nous escortaient et à Jéricho, la foule était massée sur notre passage. Or, il y avait à Jéricho un publicain bien connu pour sa malhonnêteté et qui s'appelait Zachée.

Bousculé par les gens, il vint vers moi, tout excité :

– J'ai très envie de voir Jésus, me dit-il. Mais je suis tout petit et personne ne me laisse passer.

Il avait la taille d'un enfant et il ne cessait de sautiller pour apercevoir Jésus.

– Grimpe dans un arbre, dis-je par manière de plaisanterie.

Il y avait un gros sycomore sur la place et, suivant mon conseil, Zachée y courut. Cela devait faire bien des années qu'il n'était pas monté dans un arbre. Il glissait, il s'égratignait les mains puis il recommençait sous les rires et les moqueries des femmes. Enfin, il parvint à s'installer sur une haute branche et il se mit à scruter la foule.

– Ohé, Zachée !

Jésus était au bas de l'arbre. Le petit homme faillit en tomber de sa branche.

– Descends donc, lui dit Jésus. Ce soir, je viens chez toi.

Zachée descendit du sycomore en toute hâte, et multipliant les saluts à Jésus, il lui montra le chemin de sa maison. Autour de nous, les gens disaient : « Mais pourquoi Jésus va-t-il chez ce brigand ? » Les entendant, Zachée rougit et se mit à bégayer :

– Je... je vais donner la moitié de mes biens aux pauvres et... et si quelqu'un a eu à se plaindre de moi, je lui rembourserai ce que je lui ai pris. Oui, oui, je le ferai, et au quadruple même !

Jésus se tourna vers la foule mécontente :

– Allons, dites-moi, si un berger a cent brebis et qu'il en perd une dans le désert, que fera-t-il ? Il laissera les quatre-vingt-dix-neuf brebis pour partir à la recherche de celle qui lui manque. Et s'il la retrouve, que fera-t-il ? Tout joyeux, il la rapportera sur ses épaules et il dira à ses amis : « La voilà, réjouissez-vous avec moi ! Ma brebis était perdue, et je l'ai retrouvée ! » Alors, réjouissez-vous avec moi. Zachée était perdu pour Dieu. Mais aujourd'hui, Zachée est retrouvé !

L'amour de l'argent

Comme nous quittions Jéricho, le lendemain, un jeune homme richement habillé s'avança à notre rencontre et salua Jésus :

– Bon Maître, dit-il, je t'ai entendu parler du royaume de Dieu. Que dois-je faire pour le mériter ?

– Pourquoi m'appelles-tu « bon » ? lui répliqua Jésus. Seul Dieu est « bon ». Et tu connais ses commandements ? Ne tue pas, ne vole pas, ne dis pas de mensonges, honore ton père et ta mère...

– Oui, oui, rabbi, répondit le jeune homme, j'ai fait tout cela depuis mon enfance. Mais est-ce que cela suffit ?

Je le dévisageai. Il avait un visage sincère et inquiet. Jésus le regardait avec amitié.

– Il ne te manque plus qu'une chose, lui dit-il.

Le jeune homme attendait, tout frémissant. Voyant cela, Jésus l'appela comme il m'avait appelé :

– Viens, suis-moi. Tout ce que tu as, vends-le, et donne l'argent aux pauvres. Ton trésor sera dans les Cieux.

Une ombre passa sur le visage du jeune homme.

– C'est que je... je suis très riche, balbutia-t-il en s'éloignant à reculons. Il faut... je dois réfléchir...

Et il rentra chez lui à grands pas. Jésus soupira :

– Comme il est difficile à un riche d'entrer dans le royaume de Dieu...

– Mais s'il est riche, protesta Judas, c'est parce que Dieu l'a voulu !

Jésus secoua la tête.

– Aucun serviteur ne peut avoir deux maîtres. Tu ne peux pas servir Dieu et l'argent. Je te le dis: il est plus facile à un chameau de passer par un trou d'aiguille qu'à un riche d'entrer dans le royaume de Dieu.

– Mais alors, demandai-je, qui peut être sauvé?

– Celui qui écoute ma parole, me répondit Jésus. Celui-là passera de la mort à la vie.

«De toute façon, pensai-je en reprenant la route, nous, nous avons tout quitté pour suivre Jésus. Nous, nous sommes sauvés.»

Jacques et Jean, les deux frères, avançaient de part et d'autre de Jésus et je les entendis qui poursuivaient la conversation.

– Nous voudrions te demander quelque chose, dit Jean.

– Quand nous serons dans le royaume de Dieu, reprit Jacques, est-ce que nous pourrions être tout à côté de toi, l'un à ta gauche, l'autre à ta droite?

L'indignation me fit accélérer le pas. Jean se prenait pour le préféré de Jésus et il voulait la meilleure part. Jésus se mit à rire, puis son visage devint triste.

– Vous ne savez pas ce que vous demandez. Pouvez-vous aller là où je vais ?

– Mais bien sûr, nous te suivrons ! s'écria Jean.

Il y eut un silence.

– Oui, dit Jésus, toi, tu me suivras. Mais ce n'est pas à moi de t'accorder la première place dans le royaume de Dieu. C'est à mon père.

Souvent, quand il parlait de Dieu, Jésus disait « mon père ». Il nous avait même appris à prier en commençant par ces mots : « Notre père qui es aux cieux ». Chaque fois que je priais ainsi, je me sentais comme dans la main de Dieu.

Dans la maison de Marthe

Lorsque nous arrivâmes à Béthanie, une amie de Jésus, Marthe, nous accueillit chez elle. Ceux qui nous accompagnaient, ne voulant pas salir cette maison bien tenue, s'installèrent dans la cour. Mais nous entrâmes à la suite de Jésus, Philippe, André, Jean, Jacques, Mathieu et moi.

– Rabbi, quel honneur tu nous fais ! s'exclama une jeune voix.

C'était Marie, la sœur cadette de Marthe, qui s'avançait vers nous.

– Je n'ai pas encore pu t'entendre parler, ajouta-t-elle, avant de le presser de questions. Rabbi, qui as-tu guéri ces jours-ci ? Est-ce que le royaume de Dieu est proche ? Vas-tu à Jérusalem ?

– Marie, laisse donc le maître se reposer ! la rabroua son aînée.

Puis elle coula vers nous un regard d'excuse. Marie était en âge de se marier, mais elle me rappela les enfants qui talonnaient Jésus dans les rues de Capharnaüm.

Voyant nos sandales poussiéreuses et nos mines fatiguées, Marthe voulut nous réconforter. Elle sortit ses provisions de dattes, d'amandes et d'olives, activa le feu pour y faire griller quelques poissons, puis partit en grande hâte chez la voisine en quête d'une jarre de vin. Pendant ce temps, Marie s'était assise aux pieds de Jésus.

– Se croit-elle des nôtres ? glissa André à mon oreille. Ne devrait-elle pas rejoindre sa sœur ?

Or, Jésus reprit son enseignement.

– Écoutez cette histoire, nous dit-il. Un homme avait deux fils. Le plus jeune alla trouver son père et lui dit : « Père, donne-moi la part de fortune qui me revient. » Le père partagea l'héritage entre ses deux enfants. Peu de jours après, rassemblant tout son argent, le plus jeune fils partit pour un pays lointain, où il dissipa tout son bien en fêtes et en festins...

Marie écoutait notre maître, le corps tendu vers lui, et tout ce qui lui montait du cœur se lisait sur son visage. Marthe, revenue de sa course, surgit alors devant Jésus. Je ne sais si c'était l'impatience ou le poids de la jarre qui lui avaient rougi les joues, mais elle eut du mal à contenir un tremblement de colère dans sa voix quand elle dit :

– Maître, cela ne te fait rien que ma sœur me laisse seule au service ? Dis-lui donc de venir m'aider.

Quelle audace d'interrompre Jésus, pensai-je. Ces deux femmes sont bien du même sang !

J'attendis de voir comment notre maître allait les renvoyer toutes deux à leurs tâches domestiques.

– Marthe, Marthe, répondit-il en souriant. Tu t'inquiètes et tu t'agites pour beaucoup de choses...

Il embrassa d'un geste la pièce qui l'entourait, chaque objet à sa place, la cuisine qui dégageait déjà une odeur de pain chaud.

– ... mais une seule est nécessaire. Marie a choisi la meilleure part, et elle ne lui sera pas enlevée.

Marie, les yeux rieurs, fit signe à sa sœur de venir s'asseoir auprès d'elle.

– Alors, demanda-t-elle à Jésus, qu'est-il arrivé au plus jeune frère de ton histoire ?

L'argent de l'amour

À Béthanie, notre ami Lazare nous attendait. Nous allions pouvoir nous reposer un peu avant d'affronter Jérusalem. À peine étions-nous arrivés qu'un pharisien du nom de Simon vint frapper à la porte de Lazare. Il souhaitait nous inviter. Plus par curiosité que par sympathie. Mais Jésus acceptait toujours.

Nous étions donc chez ce Simon quand une femme qui n'était pas invitée entra au milieu du repas. Un serviteur voulut lui barrer le passage, mais elle le repoussa avec violence. Elle avait dû être belle, cette femme, et elle portait le front haut comme une reine. Mais une reine qui avait pleuré. Elle se jeta aux pieds de Jésus avec des sanglots et les embrassa. Puis elle brisa un petit vase en albâtre qu'elle avait apporté et qui contenait un parfum d'un très grand prix. Elle en parfuma la tête de Jésus. J'étais stupéfait, car il la laissait faire.

– Elle est folle ! dit Judas. Un parfum de trois cents deniers ! On aurait pu distribuer l'argent aux pauvres au lieu de gaspiller.

Il donna une bourrade à la femme.

– Doucement, Judas, le reprit Jésus. Des pauvres, vous en aurez toujours parmi vous et vous pourrez leur faire du bien. Moi, vous ne m'aurez pas toujours.

Simon le pharisien s'étonna :

– Tu ne sais pas donc qui est cette femme ? Je croyais que tu étais un grand prophète. Tu aurais pu deviner qu'il s'agit...

– Simon, l'interrompit Jésus, j'ai quelque chose à te dire.

– Parle, rabbi.

– Écoute cette histoire : Deux hommes devaient de l'argent à un troisième. L'un devait cinq cents deniers et l'autre devait cinquante deniers. Mais ils n'avaient pas de quoi rendre l'argent. Leur créancier leur dit : « C'est bon. J'efface votre dette à tous les deux. » À ton avis, Simon, lequel de ces deux hommes aimera le plus son créancier ?

– C'est celui qui devait le plus d'argent ! s'écria Simon, amusé.

– Tu as bien raisonné, l'approuva Jésus. Tu vois cette femme ? Elle m'a embrassé, elle m'a parfumé. Oui, Simon, elle a péché, beaucoup plus que toi. Mais cela lui sera pardonné. Car elle a beaucoup aimé.

Jésus se tourna vers la prostituée :

– Va en paix. Tu es pardonnée.

Les pharisiens tendent un piège

Jérusalem ! Le Temple m'apparut de loin comme une montagne enneigée, car il était du marbre le plus blanc. D'énormes plaques d'or renvoyaient les rayons du soleil et éblouissaient les yeux. Quand j'étais venu à Jérusalem en pèlerinage à l'âge de douze ans, les odeurs de la rue, la diversité de la foule, l'étalage des commerces, tout m'avait émerveillé. Ce jour-là, arrivant de l'aride Judée, le grouillement de la ville, l'affairement des habitants me firent penser à une Babel où tout se vendrait dans toutes les langues.

En entrant dans le Temple où il voulait enseigner, Jésus croisa devant la porte un aveugle de naissance.

– Rabbi, lui demanda Jean, qui a commis un péché pour qu'il soit né aveugle ? Est-ce lui ou bien ses parents ?

– Ni lui ni ses parents n'ont commis de faute, répondit Jésus.

Alors, il cracha à terre, fit de la boue avec sa salive et enduisit avec cette boue les paupières de l'aveugle.

– Va te laver à la piscine de Siloé, lui dit-il.

Comme je l'appris par la suite, l'aveugle se fit conduire jusqu'à la piscine et il lava à grande eau les écailles de boue qui recouvraient ses yeux. Puis il revint seul vers la porte du Temple et les gens qui le connaissaient commencèrent à s'interroger : « Ce n'est pas possible ! Ce n'est pas l'aveugle de naissance ? Il voit... Ce doit être quelqu'un qui lui ressemble. »

– Mais si, c'est moi ! protestait le mendiant.

L'affaire fit tant de bruit à Jérusalem que des pharisiens voulurent entendre le témoignage de cet homme. C'est par lui qu'ils apprirent la venue de Jésus.

– Qui est ce Jésus ? demandèrent les uns.

– C'est un Galiléen que quelques fous prennent pour le Messie, répondirent les autres.

Ils prirent ensemble la résolution de se débarrasser de nous avant que les Romains ne s'en mêlent. Ce jour-là, comme Jésus parlait sur le parvis du Temple, un pharisien avança droit sur lui. C'était un homme respecté et on lui laissa le passage. Il prit une voix mielleuse pour dire à notre Maître :

– Rabbi, nous savons tous à Jérusalem que tu es un homme juste et que tu enseignes la vérité de Dieu.

D'autres pharisiens s'étaient avancés. Je jetai un regard inquiet vers Jean.

– Je me pose une question, reprit le pharisien, et tu as sûrement la réponse dans ta grande sagesse. Alors voilà : est-ce que je dois payer l'impôt à César ? C'est quelque chose qui me tourmente.

Quelques personnes ricanèrent dans l'assistance. Si Jésus disait : « Oui, tu dois payer l'impôt à Rome », les gens penseraient : « Cet homme n'est pas le Messie, car il rampe devant César. » Si Jésus disait : « Non, tu ne dois pas payer l'impôt à César », il n'y aurait plus qu'à le faire arrêter comme rebelle et émeutier.

Jésus posa un long regard amusé sur son interlocuteur qui commença à se troubler.

– Aurais-tu un denier sur toi ? lui demanda Jésus.

– Bien sûr, dit l'homme en lui tendant un denier.

– Dis-moi, reprit Jésus, qui est représenté sur cette pièce ?

– César ! s'écria l'homme, un peu surpris.

– Et l'inscription sur la pièce, de qui est-elle ?

– De César, mais...

Jésus jeta à terre le denier :

– Dans ce cas, rends à César ce qui est à César et à Dieu ce qui est à Dieu.

Le pharisien répéta à mi-voix : « Rends à César... et à Dieu... » Mon regard croisa celui de Jean. Il me sourit. Jésus avait déjoué le piège.

La femme condamnée

Le lendemain, il y avait tant de monde dans les rues menant au Temple et les gens nous interpellaient si souvent que nous nous arrêtâmes un moment.

Nous en profitâmes, Philippe et moi, pour acheter des galettes. J'avais juste payé le marchand quand je vis s'avancer vers nous une troupe d'hommes très bruyants. Je portai la main à mon épée. J'étais toujours sur le qui-vive. Ces hommes poussaient entre eux une femme à demi nue et les cheveux flottants. Elle avait été blessée, peut-être par une pierre, car du sang coulait de sa tempe.

– Que lui voulez-vous ? demandai-je à un homme qui tenait un bâton.

– Tu es galiléen ? me dit-il en reconnaissant mon accent. Tu dois savoir qui est ce Jésus dont on parle. Montre-le-moi.

Je gardais la main à l'épée, de plus en plus méfiant. Mais Jésus s'approchait déjà.

– Quel mal a fait cette femme ? demanda-t-il.

– On l'a surprise avec son amant, répondit un des hommes qui était peut-être le mari. Lui, il s'est enfui. Mais elle, on la tient !

Avec brutalité, il attrapa la femme par le bras et la poussa devant notre Maître.

– Moïse a dit qu'il faut tuer les femmes infidèles à coups de pierre ! s'écria-t-il. Toi, rabbi, que dis-tu ?

Je regardai les gens massés autour de nous. Si Jésus pardonnait, ils seraient indignés.

– Eh bien, que dis-tu ? insista l'homme.

Jésus s'était mis à écrire sur le sol avec son doigt, traçant des mots dans la poussière. Il releva la tête, regarda la femme qui tremblait de peur dans l'attente d'une mort horrible et il dit en la montrant :

– Si quelqu'un ici n'a jamais péché, qu'il lui jette la première pierre.

Baissant la tête, il écrivit de nouveau sur le sol. Un de ceux qui accusaient la femme, sans doute le plus âgé, quitta le groupe et s'éloigna dans une ruelle. Il fut peu à peu suivi par les autres. L'homme armé d'un bâton s'en alla le dernier. Alors, Jésus effaça les traces sur le sol et se redressa. La femme était toujours là, effrayée, misérable.

– Où sont-ils passés ? lui demanda Jésus. Personne ne t'a condamnée ?

– Personne, Rabbi, murmura-t-elle.

– Va. Moi non plus, je ne te condamne pas.

Il n'y a qu'un commandement

Quand, le lendemain, nous revînmes sur le parvis du Temple, il me sembla que les soldats romains étaient plus nombreux que les jours précédents.

Cette fois-ci, ce fut un légiste qui prit la parole devant la foule.

– Rabbi, demanda-t-il à Jésus en prenant un petit ton supérieur, qu'est-ce que je dois faire pour mériter la vie éternelle ?

– Quel est le premier commandement ? lui répondit Jésus.

Le légiste récita :

– « Tu aimeras Dieu de tout ton cœur, de toutes tes forces, de tout ton esprit ; et tu aimeras ton prochain comme toi-même. »

– Fais cela, lui dit Jésus, et tu vivras. Il n'y a pas d'autre commandement.

Mais le légiste voulait embarrasser Jésus :

– Qui est mon « prochain » ? lui demanda-t-il en montrant la foule autour de nous.

Je m'aperçus alors que nous étions encerclés par une cohorte de gardes.

– Ton prochain ? répéta Jésus. Eh bien, écoute ceci : Un homme descendait de Jérusalem à Jéricho, et en milieu de chemin, il tomba sur des brigands qui le volèrent et le battirent, le laissant à demi mort. Un prêtre vint à descendre par ce chemin-là. Il vit le malheureux, mais craignant d'être souillé en touchant un cadavre, il pressa le pas. De même, un **lévite**, passant en ce lieu, vit le blessé et s'éloigna. Enfin, un **Samaritain**...

La foule qui avait écouté bouche bée poussa un petit « oh » de surprise. Les Samaritains sont nos ennemis.

– Un Samaritain, insista Jésus. Il était en voyage dans notre contrée, il vit le blessé et il s'approcha. Vite, il s'agenouilla, banda les plaies comme il put, y versant de l'huile et du vin. Puis il chargea l'homme sur sa monture et le mena à l'hôtellerie. Il laissa de l'argent à l'aubergiste et lui dit : « Prends soin de ce malheureux. »

Jésus se tourna vers le légiste qui l'avait interrogé :

– Alors, toi qui es savant, sais-tu qui est le « prochain » de ce pauvre homme tombé aux mains des brigands ?

Du bout des lèvres, le légiste répondit :

– Le Samaritain, je suppose...

– Va, lui répliqua Jésus, et toi, fais comme lui.

Puis il s'adressa à la foule :

– Aimez-vous les uns les autres comme Dieu vous aime. Dieu fait pleuvoir sur les méchants comme sur les bons, et sur eux il fait luire le même soleil. Si vous aimez seulement ceux qui vous aiment, vous n'avez aucun mérite. Tout le monde en fait autant. Moi, je vous dis : aimez les méchants, aimez vos ennemis, priez pour ceux qui vous font du mal.

Aimer ses ennemis ? Mais cela voudrait dire aimer les Romains ! Moi, j'avais vu, étant enfant, une double rangée de croix le long d'une route et, cloués sur ces croix, j'avais vu des Juifs accusés de révolte contre César. Peut-on oublier le mal qu'on vous a fait, peut-on pardonner à celui qui vous l'a fait ? Mais, surtout, peut-on l'aimer ?

– Je n'ai jamais entendu parler comme cela, fit une voix à côté de moi.

C'était le chef des gardes. Il fit un discret signe de tête à l'un de ses hommes et la troupe en armes se retira.

Le danger de tous côtés

Jérusalem était devenue dangereuse. Trop de gens nous étaient hostiles. Nous ne pouvions rester. Retourner en Galilée? Impossible. Un frère de ma femme m'avait appris que le roi Hérode voulait arrêter Jésus. Il croyait, à cause d'un rêve qu'il avait fait, que Jésus était Jean le Baptiseur ressuscité! Nous restâmes donc en Judée. Je ne ressentais plus le bonheur que j'avais connu au milieu des foules de Galilée. Les Judéens étaient moqueurs et méfiants. Les pharisiens nous harcelaient de questions et s'indignaient de nos réponses.

Un jour de sabbat, ils envoyèrent à la synagogue où Jésus parlait un homme dont la main était paralysée. Jésus allait-il ou non « travailler », le jour du sabbat, en guérissant cet infirme ? Quand Jésus le vit dans l'assistance, il lui dit :

– Mets-toi là devant tout le monde.

Il se tourna ensuite vers la foule et demanda :

– Est-il permis de faire le bien le jour du sabbat, est-il permis de sauver une vie ?

Personne n'osa répondre. Jésus poussa un soupir d'exaspération.

– Si votre fils tombe dans un puits le jour du sabbat, est-ce que vous n'allez pas le tirer de là ?

Il fit signe à l'homme.

– Viens près de moi. Étends ta main.

L'homme obéit et sa main redevint normale. Retrouvant alors sa voix, le chef de la synagogue cria à la foule :

– Il y a six jours pour travailler. Vous n'avez qu'à venir vous faire guérir ces jours-là, et pas le jour du sabbat !

– Hypocrite ! lui répliqua Jésus. Même le jour du sabbat, tu détacheras ton âne pour aller le faire boire. Cet homme ne vaut-il pas mieux que ton âne ?

– Qui t'a donné l'autorité pour nous parler comme tu le fais ? riposta le chef de la synagogue.

– Es-tu le Messie ? cria quelqu'un. Dis-le-nous, au lieu de te cacher !

– Tout ce que je fais, répondit Jésus, je le fais au nom de mon père.

– Et tu n'es pas le fils d'un charpentier de Nazareth ? lui répliqua un pharisien.

– Vous ne me connaissez ni moi, ni mon père, dit Jésus. Je suis en lui et il est en moi. Avant que le monde existe, nous étions.

– Il se prend pour le fils de Dieu, dirent les gens. Ou pour Dieu lui-même !

Ils allèrent chercher des pierres pour nous lapider et il nous fallut quitter la ville en toute hâte.

Nous ne pouvions plus vivre ainsi, traqués. Il fallait faire front. Retourner à Jérusalem.

À Jérusalem

C'était bientôt le temps de la **Pâque**, et des milliers de pèlerins arrivaient à Jérusalem. Dans les ruelles surpeuplées, j'entendais parler grec, latin, araméen et, de loin en loin, je voyais la tache pourpre et or d'un soldat romain. À chaque pèlerinage, les Romains craignaient une révolte contre leur autorité et augmentaient leurs effectifs.

Nous logions à Béthanie chez des amis. Ils voulaient que nous fassions une entrée triomphale dans la ville, au beau milieu du pèlerinage. Ils avertirent donc ceux qui connaissaient Jésus à Jérusalem et ils lui préparèrent une haie d'honneur jusqu'à la porte. Les pèlerins galiléens qui arrivaient demandèrent à se joindre à eux.

Le jour venu, je me mis à la recherche d'une monture pour Jésus et je trouvai un petit âne à l'attache dans Béthanie. Une fois monté sur l'âne, Jésus partit vers la ville, escorté d'une foule qui criait : « Hosanna ! Hosanna ! » en signe de joie. Les enfants agitaient des branches et des palmes et des hommes étendaient leur manteau sous les pas de l'ânon.

– Béni soit le roi qui vient au nom de Dieu ! cria un Galiléen.

Bientôt, tous reprirent l'acclamation :

– Béni soit le roi d'Israël !

Un pharisien sur le côté du chemin interpella Jésus :

– Tu ne peux pas les faire taire ?

Jésus lui répondit :

– S'ils se taisent, les pierres crieront !

Nous allâmes ainsi jusqu'au Temple.

Des milliers d'animaux avaient été amenés à Jérusalem pour les sacrifices de la Pâque et la fumée des bûchers retombait, âcre et piquante, sur les parvis.

Jésus se promena avec nous au milieu des familles bruyantes, des marchands agités et des changeurs d'argent. Des files d'acheteurs se formaient devant les boutiques où les lévites vendaient le sel, le pain, l'encens et l'huile pour les offrandes. Les colombes roucoulaient dans des cages, les bœufs mugissaient derrière leur enclos. Des cris, des rires, et le bruit de l'argent...

– Voilà ce qu'ils appellent une maison de prière ! s'écria soudain Jésus.

D'un coup de pied, il renversa une table où s'entassaient les deniers.

– Qu'est-ce qui se passe ? dirent des pèlerins en s'approchant.

Jésus les apostropha :

– Ce n'est pas là une maison de prière, ce n'est pas la maison de mon père !

Il ouvrit la porte d'une cage, chassa les agneaux d'un enclos, renversa des tabourets.

– De quel droit fais-tu cela ? protestèrent les marchands.

– Vos pères avaient bâti un Temple, leur répondit Jésus, vous en avez fait un repaire de brigands ! Mais de ce Temple, il ne restera pas pierre sur pierre.

– Qui t'a donné l'autorité pour nous parler ainsi ? lui crièrent les pharisiens.

Des gardes du Temple s'approchèrent, mais n'osèrent pas intervenir.

Ils voyaient bien que la foule était avec Jésus, et ils le laissèrent aller.

Mais ce même jour, les pharisiens se réunirent dans le palais du grand prêtre nommé Caïphe avec des scribes et tous les chefs des prêtres. C'est alors qu'ils décidèrent de faire mourir Jésus et qu'ils payèrent l'un des nôtres pour qu'il le trahisse.

Car l'un des nôtres a vendu Jésus.

La trahison

Ce soir-là, nous n'étions pas rentrés à Béthanie. Nous nous cachions à Jérusalem dans la maison d'un ami. Nous faisions cercle, tous les douze, autour de Jésus. Allongés sur des banquettes, nous nous apprêtions à dîner. La journée avait été chaude, presque suffocante. Tout l'après-midi, Jésus avait enseigné la foule au Temple. Nous nous étions constamment sentis espionnés. Au coucher du soleil, nous nous étions enfuis d'un côté et de l'autre. Étions-nous vraiment à l'abri, ce soir?

Parfois, je tendais l'oreille, croyant entendre un bruit suspect dans la rue.

– J'ai vraiment désiré prendre ce repas avec vous tous, ce soir, nous dit Jésus.

Il emplit alors une coupe de vin et il ajouta :

– Je ne boirai plus de vin avant la venue du royaume de Dieu.

– Est-ce pour bientôt ? demandai-je.

Nous en avions assez, assez de courir sur les routes, d'être traqués, acclamés puis insultés.

– Mon heure est venue, me répondit Jésus. Si le grain de blé tombé en terre ne meurt pas, il demeure seul. Mais s'il meurt, il porte beaucoup de fruit.

« Pourquoi parle-t-il de mourir ? » pensai-je. Jésus s'était levé. Sous nos yeux étonnés, il défit ses vêtements et mit un simple linge autour de sa taille. Comme nos pères quand ils étaient esclaves en Égypte. Puis il versa de l'eau dans un bassin et il s'agenouilla devant moi pour me laver les pieds.

– Jamais, rabbi ! Je ne te laisserai pas faire cela !

– Ce que je fais, tu le comprendras plus tard, Pierre, me dit-il.

Il nous lava les pieds, puis il nous demanda :

– Avez-vous compris ce que j'ai fait ? Vous m'appelez « Maître ». Mais moi, le maître, j'ai agi avec vous en serviteur. C'est un exemple que je vous donne. Qu'il n'y ait pas entre vous de maître ni de serviteur. On vous reconnaîtra à cette seule chose : que vous vous aimerez.

Jésus était de nouveau à table à côté de Jean. Il prit du pain, en fit plusieurs morceaux et nous les donna :

– Prenez et partagez entre vous. Ceci est ma chair.

Puis il prit une coupe de vin et il dit :

– Prenez et buvez. Ceci est mon sang. Vous mangerez ma chair et vous boirez mon sang en mémoire de moi.

Le pain et le vin passèrent de main en main. «La chair, le sang, le grain qui meurt...» Je ne comprenais pas. Moi, je voulais me battre pour lui et faire de Jérusalem la capitale de son royaume.

– L'un de vous a choisi de me trahir, dit soudain Jésus.

Nous nous regardâmes. Je me penchai vers Jean et lui chuchotai :

– Demande-lui de qui il s'agit.

Jean était le préféré de Jésus. Il se pencha vers lui et lui souffla à l'oreille :

– Maître, qui est-ce ?

Alors, Jésus prit une bouchée de pain, la trempa dans le plat et la tendit à Judas. Quand Judas eut mangé, il se redressa et balbutia :

– Le... le repas de Pâque approche. Je dois trouver la nourriture pour nous tous.

– Ce que tu as à faire, fais-le vite, lui répondit Jésus.

Le repas touchait à sa fin. Nous devions nous rendre au mont des Oliviers pour retrouver le campement des pèlerins galiléens. Nous nous levâmes.

La nuit était éclairée par la pleine lune et, en retrouvant la fraîcheur de la rue, je me sentis soulagé. Nous descendîmes de la ville haute vers la piscine de Siloé où l'aveugle-né avait recouvré la vue. Soudain, Jésus s'arrêta et dit :

– Cette nuit, vous m'abandonnerez.

– Même si les autres t'abandonnaient, m'écriai-je, moi, je ne t'abandonnerais pas !

– Cette nuit, Pierre, avant que le coq chante, tu m'auras renié trois fois.

– Jamais ! dis-je, la voix enrouée de larmes.

Même si je dois en mourir, je ne t'abandonnerai pas !

En silence, nous franchîmes la porte de la Fontaine, puis nous passâmes à gué les eaux du

Cédron. Nous étions dans le domaine de Gethsémani. Jésus dit alors :

– Restez là, je vais prier un peu plus loin.

Mais il me fit signe de le suivre, ainsi qu'à Jacques et Jean. Nous nous enfonçâmes dans l'oliveraie.

– Je me sens triste à mourir, murmura Jésus.

Restez ici et veillez avec moi.

Il fit quelques pas et, tombant à genoux, il pria.

Je l'entendis appeler Dieu : « Abba », comme les petits enfants appellent leur papa.

– Abba, tout t'est possible. Sauve-moi de cette heure. Tu le peux. Mais fais comme tu veux, Abba, pas comme je veux...

Puis il pria en silence. Je voulus en faire autant mais la torpeur me prit. Je n'en pouvais plus.

– Pierre, Pierre !

Jésus me secouait par l'épaule :

– Tu dors ? Tu ne peux même pas veiller une heure avec moi !

Au loin, derrière le muret de pierres sèches, j'aperçus la lueur d'une torche.

– Rabbi...

– Oui, debout ! s'écria-t-il. Ils approchent.

Thomas, Philippe et les autres accoururent :

– Rabbi, il y a des gens qui arrivent avec des lanternes et des armes !

Dans la nuit, une voix appela :

– C'est ici ! Dépêchez-vous !

Brusquement, des dizaines d'hommes envahirent l'oliveraie. Et à leur tête, il y avait Judas. Il s'avança vers Jésus et dit :

– Maître, je te salue.

Il l'embrassa. C'était le signe convenu. Judas avait averti les gardes : « Celui que j'embrasserai, c'est celui que vous devez arrêter. » Malchus, un des serviteurs de Caïphe, mit la main sur Jésus. Alors, je tirai mon épée et le frappant à la tête, je lui coupai l'oreille droite.

– Remets ton glaive à sa place, me dit Jésus. Ceux qui prennent l'épée périront par l'épée.

Puis il interpella ceux qui venaient l'arrêter :

– Vous êtes là, avec des glaives et des bâtons, comme si j'étais un brigand ! J'étais au Temple, ces jours-ci, j'ai parlé à tout le monde et au grand jour. Pourquoi ne m'avez-vous pas arrêté ? Vous attendiez la nuit ?

– Emmenez-le, dit un des chefs.

Nous nous étions reculés dans l'ombre des arbres. Matthieu et Jacques, Philippe, André, ils s'enfuirent. Barthélemy, Simon le Zélote, Thaddée, Jacques, le fils du tonnerre, ils s'enfuirent. Et Jean, celui que Jésus aimait tant. Je jetai à terre mon épée.

À mort !

J'avais d'abord pris la fuite dans la nuit, puis j'étais revenu sur mes pas. J'aperçus au loin les gardes du Temple qui emmenaient Jésus. Ils lui avaient lié les mains et le poussaient devant eux. Ils allèrent ainsi jusqu'à la maison d'Anne, le beau-père du grand prêtre Caïphe. Qu'est-ce que ce vieil homme voulait à notre Maître ? Je réussis à entrer dans la cour de sa maison. Peut-être pourrais-je apprendre quelque chose en écoutant les serviteurs ? Le petit matin était frais et des serviteurs se chauffaient autour d'un feu de braise dans la cour. Je m'approchai d'eux.

– Dis donc, toi, m'apostropha une servante, tu n'étais pas avec ce Jésus qu'on vient d'arrêter ?

– Moi ? Jamais de la vie !

– Pourtant, tu as bien l'accent de Galilée, remarqua un des serviteurs.

– Je... je ne vois pas ce que tu veux dire, balbutiai-je.

– Oui, oui, reprit un autre homme, il est galiléen et je l'ai vu avec ce Jésus !

– Je ne comprends pas ce que vous dites.

Au même instant, un coq chanta.

Je me souvins de la parole de Jésus : « Avant que le coq chante, tu m'auras renié trois fois. »

Je sortis en hâte de la cour.

Une fois dans la rue, je fis encore quelques pas, puis, appuyant mon front au mur d'une maison, je me mis à pleurer.

Toute la matinée, j'errai dans Jérusalem, craignant toujours d'être reconnu. Tout à coup, mon cœur fit un bond dans ma poitrine. Jean ! Jean était là. Il me vit et courut jusqu'à moi.

– Ils l'ont emmené chez Pilate. Viens.

Et Jean me raconta : quand le jour s'était levé, les grands prêtres et Caïphe à leur tête s'étaient rendus chez Ponce Pilate, le préfet romain. Il traînait Jésus avec eux.

– Mais les prêtres n'ont pas pu entrer chez Pilate, remarquai-je. C'est un **païen**, sa demeure est impure !

– Ils ont envoyé un serviteur prévenir Pilate, me répondit Jean, et ils ont attendu devant le palais. J'ai attendu avec eux.

Pilate sortit, visiblement mécontent d'être dérangé de si bonne heure.

– Nous t'amenons cet homme, lui dit Caïphe en poussant Jésus. C'est pour que tu le condamnes.

– Que lui reprochez-vous ? maugréa Pilate.

– C'est un malfaiteur.

Pilate eut un mauvais sourire. Il se tourna brusquement vers Jésus :

– C'est toi « le roi des Juifs » ?

– Tu dis cela de toi-même, le questionna Jésus, ou est-ce que d'autres te l'ont dit ?

Pilate haussa les épaules :

– Est-ce que je suis juif, moi ? Ce sont les gens de ton peuple qui te livrent à moi. Qu'est-ce que tu leur as fait ? Tu es roi ou tu n'es pas roi ?

– Ma royauté n'est pas de ce monde, lui dit Jésus. Si mon royaume était de ce monde, mes gens se seraient battus pour me délivrer. Mon royaume n'est pas d'ici.

– Donc, tu es roi, trancha Pilate, agacé.

Il se tourna de nouveau vers Caïphe :

– Cet homme est fou. Mais je ne vois pas de raison de le condamner. Je sais que vous avez la coutume de relâcher un prisonnier, le jour de la Pâque. Voulez-vous que je vous relâche votre « roi » ?

Caïphe s'étrangla presque de fureur :

– Non, non ! Relâche plutôt Barrabas.

Barrabas avait été arrêté, quelques jours plus tôt, pour avoir tué quelqu'un au cours d'une émeute. Caïphe se mit alors à mentir :

– Ce Jésus est dangereux. Il soulève le peuple contre Rome. Il dit qu'il ne faut pas payer l'impôt à César. Il a déjà semé la révolte en Galilée.

– Bon, bon, dit mollement Pilate. Je vais le faire punir.

Il fit un signe à ses gardes.

– Ils l'ont emmené pour le fouetter, me dit Jean en terminant son récit. Il va ressortir du palais de Pilate. Viens avec moi. Nous pouvons encore le sauver.

Quand nous arrivâmes devant le palais de Pilate, les grands prêtres et leurs serviteurs, les pharisiens et les scribes nous avaient devancés. Ils attendaient Pilate et réclamaient le prisonnier. Enfin, le préfet ressortit. Je serrai le bras de Jean en étouffant un cri. Était-ce possible ? Mon roi, mon Messie ! Il titubait entre deux gardes. On l'avait affublé d'un manteau de pourpre et un des soldats s'inclina devant lui en disant :

– Salut, roi des Juifs !

Il avait été fouetté et la douleur marquait ses traits. Du sang coulait sur ses joues, car on lui avait enfoncé une couronne d'épines sur la tête.

– Tenez, dit Pilate en le montrant, voici l'homme !

– Crucifie-le, crucifie-le ! lui crièrent ceux qui nous entouraient.

– Nous avons une loi, lui expliqua Caïphe, et d'après cette loi, cet homme doit mourir parce qu'il prétend être le fils de Dieu.

Pilate eut un recul de frayeur.

– Vous ne m'aviez pas dit cela.

Il se tourna vers Jésus.

– D'où es-tu ? lui demanda-t-il. Tu ne veux pas me parler, à moi ?

Jésus ne lui répondit pas.

– Mais parle ! hurla Pilate. Tu ne comprends pas ? J'ai le pouvoir de te relâcher et celui de te faire crucifier.

– À mort ! À mort ! cria la foule.

Pilate, excédé, envoya un serviteur lui chercher de l'eau dans une aiguière. Il s'en lava les mains devant les prêtres et les pharisiens.

– Je ne suis pas responsable du sang de cet homme, dit-il. Faites-en ce que vous voulez.

Ils le crucifient

Après avoir chargé Jésus d'une poutre de bois, les légionnaires l'entraînèrent dans les ruelles. Ils devaient se rendre en un lieu hors de la ville, le Golgotha. Mais les gardes avaient tant battu le condamné qu'il pouvait à peine avancer. Alors, le centurion arrêta dans la rue un certain Simon de Cyrène qui revenait des champs, et il l'obligea à porter le bois de la croix derrière Jésus. Peu à peu, la foule des badauds et des pèlerins les escorta.

– Qui est-ce ? Qu'a-t-il fait ? demandait-on.

Le cortège sortit de la ville par la porte d'Éphraïm. Là, tout de suite derrière les murailles, se trouve le tertre du Golgotha.

Avant d'enfoncer les clous dans les poignets et dans les pieds, les soldats voulurent donner à Jésus du vin mêlé de myrrhe pour l'étourdir.

Mais il refusa d'en boire.

Alors, ils le crucifièrent.

– Abba, pardonne-leur, murmura Jésus. Ils ne savent pas ce qu'ils font.

En même temps que Jésus, deux bandits devaient être exécutés. Les soldats redressèrent les trois croix à l'aide de cordes, puis ils s'assirent dans l'herbe. Il était neuf heures du matin. Les grands prêtres et les scribes apostrophèrent Jésus :

– Eh bien, toi qui fais des miracles, descends de ta croix !

L'un des bandits se mit à injurier Jésus :

– Si tu es le Messie, tu n'as qu'à te sauver, et nous avec !

Mais l'autre lui cria :

– Tais-toi donc ! Nous méritons ce qui nous arrive. Mais lui est innocent.

Puis il dit à Jésus :

– Rabbi, souviens-toi de moi quand tu seras au Paradis.

Il était midi et le ciel d'orage allait s'obscurcissant. À trois heures de l'après-midi, il faisait aussi noir qu'en pleine nuit. Jésus soudain s'écria :

– Eli, Eli, lama sabachtani !

Ce qui veut dire : « Mon Dieu, mon Dieu, pourquoi m'as-tu abandonné ? » Certains, ne le comprenant pas, se moquèrent :

– Voilà qu'il appelle le prophète Élie à son secours !

L'un d'eux courut prendre une éponge qu'il imbiba de vinaigre et qu'il mit au bout d'un roseau pour donner à boire à Jésus.

– Laisse, lui dit-on. On va voir si Élie vient le descendre...

Alors, Jésus, poussant de nouveau un grand cri, rendit l'esprit. Les cieux enfin crevèrent et la pluie ruissela.

– Cet homme-là était le fils de Dieu ! s'écria le centurion.

Sur son ordre, un légionnaire brisa les jambes des deux autres crucifiés pour les aider à mourir. Mais comme Jésus était déjà mort, il se contenta de lui percer le côté avec sa lance. Puis, sous la pluie battante, la foule se dispersa.

Tout cela, je ne l'ai pas vu. J'avais depuis longtemps abandonné Jésus. C'est Jean qui me l'a raconté.

Vivant

Nous avons décidé de prendre un dernier repas entre nous avant de nous quitter. Des douze disciples de Jésus, nous n'étions plus que onze. Judas s'était pendu.

Nous nous sommes enfermés dans la maison. Nous parlions à mi-voix comme si nous nous sentions encore espionnés.

– Les femmes radotent peut-être, a dit Jean. Mais le corps a bien disparu. Joseph d'Arimathie nous a certifié que le caveau ouvert était bien celui où il avait mis Jésus.

– On nous accusera d'avoir nous-mêmes volé le cadavre, lui a répliqué Philippe.

Alors, on a frappé à la porte. Mon sang s'est glacé.

– Pierre, a fait une voix au-dehors. C'est Cléophas. Ouvre !

Cléophas avait été de nos amis, fidèle à Jésus depuis la Galilée. Je l'ai laissé entrer. Il paraissait hors de lui.

– Vous n'allez pas me croire ! Pierre, Jacques, je... je l'ai vu !

Personne ne lui a demandé de qui il parlait.

– Où est-il ? a dit Jean.

– Je ne sais pas, a répondu Cléophas. Nous l'avons rencontré sur la route qui mène à Emmaüs. Oh, attendez, je n'en peux plus.

Il s'est effondré sur le banc. Puis, se remettant, il nous a raconté ce qui venait de lui arriver.

Vivant

La fête de Pâque était terminée. Comme bien d'autres pèlerins, Cléophas et son ami s'en retournaient chez eux, en Galilée. Mais eux avaient le cœur déchiré. Ils avaient suivi Jésus. Ils avaient cru en lui. Jusqu'au dernier moment, ils avaient espéré. À présent, ils fuyaient Jérusalem, échangeant parfois quelques mots entre eux. Pour se dire : non, Jésus ne nous a pas trompés. C'était un grand prophète. Mais ce n'était pas le Messie. De temps à autre, un pèlerin les dépassait. L'un d'eux s'avança à leur hauteur et les salua :

– Vous avez l'air triste, remarqua l'inconnu.

De quoi parliez-vous ?

Cléophas s'étonna :

– Tu viens de Jérusalem et tu n'es pas au courant ? Nous avions un grand prophète, Jésus de Nazareth, qui faisait des miracles. Les chefs des prêtres l'ont condamné à mort et il a été crucifié. Ça s'est passé il y a trois jours.

L'ami de Cléophas ajouta :

– Oh, bien sûr, il y a des femmes qui sont allées au tombeau, ce matin, et il paraît qu'il est vide...

– Cela ne prouve rien, murmura Cléophas.

– Vous avez besoin de preuves ? s'exclama alors l'inconnu. Vous ne comprenez donc pas ?

Les deux amis le regardèrent avec surprise.

– Il fallait que le Messie souffre tout cela, poursuivit l'inconnu. Vous n'avez pas lu les Écritures ? Le prophète Isaïe a prédit : « Il a été arrêté, puis jugé, il a été supprimé. » Et aussi : « Il était si défiguré qu'il ne ressemblait plus à un homme. » Tout ce qui est arrivé était annoncé !

– Oui, oui, balbutia Cléophas, tout remué par cette voix.

– Souvenez-vous, dit encore l'inconnu : « Il était méprisé, abandonné de tous, semblable au lépreux dont on se détourne. » N'est-ce pas ainsi que Jésus a fini sa vie ?

Il parla longuement et les trois compagnons

arrivèrent ensemble à Emmaüs. L'inconnu les salua comme s'il souhaitait poursuivre sa route.

– Reste avec nous, le pria Cléophas, le jour baisse.

Tous trois, ils entrèrent à l'auberge et demandèrent à manger. Quand l'inconnu fut à table, il prit le pain, le partagea et le donna à ses deux compagnons. C'est alors qu'ils le reconnurent. C'était Jésus, semblable mais différent, car il était mort et le voilà vivant.

– C'était bien lui, nous a dit Cléophas. Mon cœur brûlait en moi quand il nous parlait sur la route. C'est lui, il est vivant ! Je suis revenu pour vous annoncer la nouvelle. Croyez-moi, croyez-moi...

Nous nous taisions. J'ai vu tant de choses impossibles. Peut-être... J'espérais et je désespérais à la fois. Il m'a dit : « Tu es Pierre et sur cette pierre, je bâtirai mon royaume. » Mais je l'ai abandonné, je l'ai déçu. Et j'ai baissé la tête.

– Pierre, a murmuré Jean.

J'ai relevé la tête. Jean était en face de moi, les yeux agrandis par l'étonnement. Il voyait quelque chose dans mon dos. C'est alors que j'ai entendu une voix :

– La paix soit avec vous !

Lentement, je me suis retourné.

– N'aie pas peur, m'a-t-il dit.

Lors de la fête de la Pentecôte, cinquante jours après ces événements, Pierre, Jean, Jacques, tous les disciples, et Marie, la mère de Jésus, sont réunis. Soudain un vent violent emplit la maison où ils se trouvent. Pierre voit apparaître des langues de feu qui se posent sur chacun d'eux. C'est le baptême de l'Esprit, tel que le Baptiseur l'a promis.

Pierre qui, quelques jours plus tôt, se cache par peur d'être reconnu, Pierre va au Temple et annonce à tous la bonne nouvelle : oui, Jésus est le Messie, il est ressuscité et ils sont nombreux à l'avoir vu.

Deux fois arrêté à Jérusalem et deux fois libéré, il part pour Rome où il fonde une communauté chrétienne. « Tu es Pierre, et sur cette pierre je bâtirai mon royaume. » Arrêté avec bien d'autres chrétiens par ordre de Néron, Pierre suivra finalement Jésus jusqu'au bout. Selon la tradition, il est mort crucifié.

Dossier Contexte

L'histoire qui vient de vous être racontée par Pierre commence en Judée, dans l'actuelle Palestine, au premier siècle de notre ère. C'est alors une province de l'Empire romain. Jésus est un Juif de Galilée, une région soumise à Rome située au nord de la Judée. À l'époque de Pierre, le peuple juif vit de plus en plus mal l'occupation romaine, qui surveille de très près certaines pratiques culturelles et religieuses et impose de lourdes taxes.

De nombreux Juifs attendent un sauveur, le Messie, qui libérera le peuple des Romains et reconstruira le royaume d'Israël. Quand Jésus commence à rassembler des disciples autour de lui, beaucoup voient en lui le Messie qu'ils attendaient. Sa popularité grandissante inquiète les autorités romaines. Voilà pourquoi Ponce Pilate demande à Jésus s'il est le Messie, le «roi des Juifs», avant de le condamner à la crucifixion.

Le récit de la vie, de la mort et de la résurrection de Jésus Christ a donné naissance à une nouvelle religion issue du judaïsme, le christianisme (*Christos* signifie le Messie en grec). Quatre versions de ce récit, les Évangiles de Matthieu, Marc, Luc et Jean, forment aujourd'hui le Nouveau Testament des chrétiens. *Jésus comme un roman* s'inspire de ces textes très anciens pour imaginer le point de vue d'un autre disciple, Pierre.

Lexique

Juif : Pierre, comme presque tous les personnages de l'histoire, appartient au peuple juif, et pratique la religion du judaïsme. Il parle araméen, va prier à la synagogue et au Temple un dieu unique appelé Yahvé et respecte un certain nombre de traditions comme le repos du sabbat.

Lévite, p. 96 : La tribu de Lévi est en charge du service du Temple. Les lévites sont donc des membres du clergé.

Pâque, p. 103 : La Pâque dont il est question ici, Pessa'h, ne doit pas être confondue avec la Pâque chrétienne qui fête la résurrection de Jésus Christ. Pessa'h dure une semaine et a lieu fin mars ou début avril selon les années. Elle célèbre l'Exode du peuple juif, mené par Moïse hors d'Égypte, où il était tenu en esclavage. Cette fête symbolise la libération et la renaissance, ainsi que le printemps qui amène les premières moissons.

Païen, p. 119 : « Païen » désigne de manière négative les non-Juifs. Comme tous les Romains, Ponce Pilate est polythéiste, donc païen : il croit à un panthéon de différents dieux, par opposition au dieu unique de la religion juive.

Pécheur, p. 26 : Un pécheur est quelqu'un qui a commis un péché, une transgression de la loi de Dieu. C'est une faute ou une erreur involontaire qui va à l'encontre des dix commandements. Pierre se présente à Jésus comme un pécheur pour dire qu'il n'est pas digne de le recevoir chez lui.

Pharisien, p. 33 : Pierre présente le groupe religieux des Pharisiens comme des hypocrites et des puritains : ils se flattent publiquement de respecter les règles du judaïsme les plus strictes, et critiquent ceux qui ne le font pas.

Rabbi, p. 18 : Les disciples de Jésus l'appellent Rabbi, ce qui signifie « Maître » ou « Seigneur ». Ce terme peut aussi désigner les érudits qui enseignent la Bible hébraïque.

Synagogue, p. 13 : Pierre évoque la synagogue de son enfance. Il s'agit du lieu de culte où les Juifs se rassemblent. Elle est souvent composée d'un sanctuaire où ont lieu les prières collectives, d'un hall pour les évènements de la communauté et des salles d'étude où l'on enseigne l'hébreu et les textes de la Torah.

Samaritain, p. 96 : Les Samaritains considèrent la Torah comme le seul texte sacré et refusent d'autres textes et traditions orales de la religion hébraïque. Ils sont souvent vus comme de mauvais croyants par les autres Juifs, d'où la surprise de Pierre quand Jésus raconte l'histoire du bon Samaritain.

Sabbat, p. 24 : Le sabbat est le jour de repos pour les Juifs. Il a lieu le samedi. Ce jour-là est consacré au culte de Dieu et il est interdit de travailler. C'est pourquoi on reproche à Jésus de « travailler » le jour de sabbat en soignant un malade (p. 96).

Table des matières

Dossier